Eugène Scribe

Roberto il diavolo

Opera in cinque atti

Antigonos

Eugène Scribe

Roberto il diavolo

Opera in cinque atti

Ristampa immutata dell'edizione originale del 1883.

1ª edizione 2024 | ISBN: 978-3-38664-849-3

Antigonos Verlag è un marchio della Outlook Verlagsgesellschaft mbH.

Verlag (Editore): Outlook Verlag GmbH, Zeilweg 44, 60439 Frankfurt, Deutschland
Vertretungsberechtigt (Rappresentante autorizzato): E. Roepke, Zeilweg 44, 60439 Frankfurt, Deutschland
Druck (Tipografia): Libri Plureos GmbH, Friedensallee 273, 22763 Hamburg, Deutschland

ROBERTO IL DIAVOLO di G. MEYERBEER

EDIZIONI ECONOMICHE RICORDI

Canto e Pianoforte (in-8.°), *netti* Fr. 4, 50
Pianoforte solo (in-8.°), *netti* Fr. 1, 20

ALTRE EDIZIONI

Canto e Pianoforte (in-4.°), *lordi* Fr. 36 —
Pianoforte solo (in-4.°), *lordi* Fr. 20 —

Riduzioni, *Fantasie*, *Trascrizioni*, *ecc.*
per varî strumenti.

ROBERTO IL DIAVOLO

OPERA IN CINQUE ATTI

MUSICA DI

G. MEYERBEER

TEATRO SOCIALE DI COMO

Carnevale 1883-84

Impresa PESSINA e POZZO

PERSONAGGI

ROBERTO, Duca di Normandia .   *Grillo Vincenzo*

BERTRAMO, amico di lui . .   *Abramoff Abramo*

ALBERTO, Maggiordomo del Re

di Sicilia . .   .   *Bellasi Enrico*

RAMBALDO, Contadino Normando   *Orsini Latino*

ISABELLA, Principessa di Sicilia   *Gorè Crinide*

ALICE, Contadina Normanda . .   *Stefanini Lucia*

Araldo d'armi del Re di Sicilia   *Brogi Aurelio*

Una Dama. .   .   .   *N. N.*

Coro di Cavalieri - Fanciulle - Dame - Damigelle
Solitari - Spettri e Popolo.
Ballabili di Contadini - Contadine - Demoni - Larve
Dame e Cavalieri.
Comparse - Guardie Reali - Araldi - Cavalieri - Paggi
Soldati - Scudieri - Dame.
Damigelle - Contàdini e Contadine - Popolo.

La Scena è in Sicilia.

Roberto I, duca di Normandia, figlio di Riccardo II, detto il *Buono*, e padre del famoso Guglielmo il *Conquistatore*, ascese al trono del fratello primogenito Riccardo III, circa l'anno 1028, non senza la taccia, presso alcuni, d'averne procurata la morte con un veleno. Per la sua liberalità si meritò il nome di *Magnifico*, come pel suo valore, e pella bravura nel maneggio delle armi, ebbe dai sudditi anche quello di *Diavolo*. Dopo non molti anni di un regno felice, e fecondo per esso di illustri gesta, tormentato dalla rimembranza o di qualche fallo, o di alcuni errori di gioventù, pensò farne l'espiazione con un pellegrinaggio in Terra Santa, che portò ad effetto con rara magnificenza, generosità e pietà (1), dopo aver provveduto alla tranquillità de' suoi Stati, e nominato successore il figlio sotto la tutela di Enrico I, Re di Francia. Nel ritorno da Gerusalemme, colpito da fiera e breve malattia, morì santamente a Nicea.

Non v' ha dubbio esser questi quel Roberto, che in epoche posteriori, le quali, per il gusto alle imprese cavalleresche, abbellite ed esagerate dall'immaginazione dei Trovatori, furono così feconde di racconti soprannaturali e prodigiosi, abbia dato argomento a varie e diverse cronache, leggende e romanzi, che hanno per molto tempo tenuto luogo (e lo tengono forse tuttora presso alcuni popoli) di istoriche tradizioni. Quindi è, che si è creduto che Riccardo (o Uberto secondo alcune leggende) duca di Normandia, disperato per non aver successione, facesse voto al Diavolo di dare a lui quel figlio che col suo potere gli fosse stato concesso, e che dopo un anno coi più orribili

(1) Michaud, Storia delle Crociate, lib. 1.

6

prestigi nascesse Roberto, che, per il suo carattere, e per gli errori di cui fu capace fino dall'infanzia, fu soprannominato il *Diavolo* con altre simili fole (1). Celebre è il romanzo più volte pubblicato in Francia nei secoli XV e XVI: « *Vita del terribile Roberto il Diavolo che fu poi uomo di Dio.* »

Da tali fonti i signori Bouilly e Dumersan trassero il soggetto di un *Vaudeville*, rappresentato nel 1813 col titolo di *Roberto il Diavolo*. Quindi i signori Scribe e Delavigne immaginarono quello della celebre opera, che tanto rumore ha menato in Francia, ed altrove, per la pompa delle decorazioni che l' accompagnano, e per la bellissima musica di Meyerbeer.

L'azione del presente dramma è presa in un tempo in cui Roberto, o costretto dalle consegnenze de' suoi disordini, o discacciato dal padre, si è rifugiato in Sicilia, ove è trattenuto, non solo dalla passione per le monomachie che tanto applaudivansi nei Tornei di quei tempi, ma ancora dall' amore concepito per la figlia del Re di quell' Isola. Un cattivo genio, rappresentato dal Cavalier *Bertramo*, intimo amico di Roberto, nel qual vien simboleggiato uno spirito maligno, quello istesso, che in seguito dell'esecrando voto, fu il padre di Roberto, adopra ogni arte per trarre in perdizione il giovin Duca, nel di cui animo non è però affatto spento ogni sentimento di virtù. Di ciò profittando un buon genio rappresentato da *Alice*, contadina normanda, e sorella di latte di Roberto, tanto fa, e coi consigli e coll' opera, che le riesce di sottrarlo al potere (limitato però nel tempo) del malefico genio, di cooperare al compimento delle da lui bramate nozze con Isabella principessa di Sicilia, e di uno scostumato giovane fare un principe saggio e virtuoso.

---

(1) Vedasi nel *Musée de famille* l'articolo *Robert le Diable*, Vol. I, pagina 269, N. XXXIV.

ATTO PRIMO

SCENA PRIMA.

Lido col porto di Palermo.

Varie tende collocate all' ombra degli alberi. Durante l'introduzione vedonsi arrivare a più riprese delle barche, dalle quali scendono dei forestieri.

Roberto, Bertramo, Alberto, *il* Segretario *di Roberto,* **Cavalieri, Servi** *e* **Scudieri.**

(All'alzarsi del sipario Roberto e Bertramo sono assisi ad una tavola a sinistra dello spettatore. Alcuni Servi e Scudieri sono occupati a servirli. Alla diritta v' è un' altra tavola, intorno alla quale varî Cavalieri bevono insieme)

CORO DI CAVALIERI

(dal loro contegno si conosce che sono alquanto rallegrati
  Versiamo a tazza piena   *dal vino)*
   Il generoso umor:
   L' oblio d' ogni sua pena
   L' ebrezza rechi al cor.
  Al sol piacer doniamo
   Or tutti i nostri dì;
   Amiam, beviam, giochiamo,
   Viviamo ognor così.

   UN CAVALIERE

 Quanti scudieri mai! Che bell'armi!   *(guardando verso*
ALB. Chi è mai quello straniero? Questo ricco   *Roberto)*
 Signor di cui le tende
 Così eleganti presso noi s' inalzano?

   UN ALTRO CAVALIERE

 Chi in Sicilia il conduce?
ALTRO CAV.   Ei viene, io credo,
 Al par di noi al gran tornèo, che ci offre
 Il Duca di Messina.
ROB. Illustri Cavalieri,   *(volgendosi ai Cavalieri col bicchiere*
 Alla vostra salute io bevo: evviva!   *alla mano)*
CAV. A te rendiam dovute grazie: evviva!

Tutti   Al sol piacer doniamo
              Or tutti i nostri dì;
              Amiam, beviam, giochiamo,
              Viviamo ognor così.

SCENA II.

I precedenti, indi Rambaldo.

Alb. Giungon dei Trovator,
    Dei scaltri giocolier, che ad un sol cenno
    Di vostra signoria
    Potran la mensa rallegrar col canto:
    Vengon di Francia e dalla Normandia.
Rob. Come? di Normandia?   *(con sorpresa)*
Ber. Dall' ingrata tua patria.   *(piano a Roberto)*
Rob. *(a Ram. che entra)*   T' accosta:
    Prendi, e canta un' istoria.   *(gli getta una borsa)*
Ram. Io canterò l' istoria spaventosa
    Del nostro giovin Duca,
    Di quel Roberto il Diavolo...
Tutti Roberto il Diavolo!
Ram. Di quel tristo soggetto
    A Lucifer promesso,
    Che per i suoi misfatti
    La patria abbandonò.
Ber.   Roberto, senti?
    (piano a Rob., il quale trae il suo pugnale, ma esso lo
       trattiene)
Rob. Comincia.   *(volgendosi freddamente verso Ram.)*
Ber.   Or via.
Coro   Tutti ascoltiamo: attenti.

BALLATA

Ram.   Regnava un tempo
         In Normandia
         Un prence illustre
         Pel suo valor.
       Sua figlia Berta,
         Gentile e pia,
         Aveva gli amanti
        Tutti in orror.

Allor che giunse
  Del padre in Corte
  Un prence incognito,
  Un gran guerrier:
E quella figlia,
  In pria sì forte,
  D' amor nel laccio
  Dovè cader.
Funesto errore!
  Fatal pensiero!
  Egli era, dicesi,
  Questo guerrier
Abitatore
  Del tristo impero:
  Un negromante
  In forma d' uom.

CORO   Che bell' istoria!
  Rider convien.

RAM.   In lui di Satana
  Ministro eletto,
  L' arti riunivansi
  Di seduttor.
Egli d' invidia
  Era l' oggetto,
  Delle ricchezze
  Dispensator.
Presi all' abbaglio
  Da' suoi tesori,
  E padre e figlia
  Tosto restâr.
E con magnifica
  Pompa ed onori
  Le nozze subito
  Si celebrâr.
Funesto errore!
  Fatal pensiero, ecc.
Da tal funesta
  Indegna unione
  Condegno figlio
  Roberto uscì!
Ei lo spavento
  Fu del cantone;
  Roberto il Diavolo
  Chiamar s' udì.

Di duol, di lagrime
  Sorgente ognora,
  D' ogni famiglia
  Desolator.
Rattrista i talami,
  Sposi addolora,
  Di mogli e vergini
  È rapitor.
Fuggite, o figlie,
  Fugga la madre,
  Roberto appressasi.
  O Ciel! che orror!
Sotto sì amabili
  «Forme leggiadre
  Il cuor nascondesi
  Del genitor.

CORO   Dunque Roberto?
RAM.   Egli era un diavolo!
CORO   Egli era un diavolo!
RAM.   Era davver.
CORO   Che bell'istoria!
  Rider convien.

ROB. (*che fino ad ora ha cercato di trattenere la sua collera si
  alza con impeto*)
  Questo è troppo: or s' arresti
  Un indegno vassallo: io son Roberto.
CORO Oh Ciel!
RAM.   Misericordia!   (*cadendo in ginocchio*)
  Perdon, mio buon signore.
ROB. Un' ora io ti concedo:
  Volgiti al Cielo: e poi
  Al supplizio sia tratto.   (*ai servi*)
RAM. Grazia! Deh! vi scongiuro. In traccia appunto
  Di vostra signoria
  Partii da Normandia.
  E meco è la mia sposa,
  Che un sacro e pio messaggio
  Con voi deve adempir.
ROB. Sei colla sposa... Attendi...
  Bella al certo esser deve;
  Intenerir mi sento;
  Or via pe' suoi begli occhi io ti fo grazia
  Della vita; ma dessa a me appartiene.

Qui sia tratta all' istante. Cavalieri,
A voi la dono.

CORO   Or bene.

RAM.   Oimè! Oimè!

ROB. Vassallo indegno, or mentre a te perdono
Osi tu dunque lamentarti ancor?
(facendo cenno agli Scudieri che portino da bere)

ROB. *e i* CAV.   Al sol piacer doniamo
Or tutti i nostri dì:
Amiam, beviam, giochiamo,
Viviamo ognor così.

SCENA III.

I precedenti. Alice *condotta dai paggi di* Roberto.

ALI.   Per pietà, deh! mi lasciate:
Dove mai mi conducete?

CORO   Uh come è bella!
Oh come è amabile!
Raffrena i palpiti,
Cessi il timor.

ALI.   Grazia, o Dio, gli concedete.
(accennando Ram., che vede in mezzo ai servi di Rob.)

CORO   Non v' è pietade,
Non v' è mercè,
Non v' è pietade,
Si dee punir.
Della vendetta
Vogliam gioir.

ALI.   Ah speranza più non resta!
Grazia, grazia per pietà.

ROB.   Che vidi, che ascoltai! È dessa Alice!   *(ricono-*

ALI.   Ah! Signor, deh! mi proteggi,   *sce Alice)*
Tu mi salva da costor.

ROB.   V' arrestate. Alice è dessa,   *(ai Cavalieri)*
Rispettate il debol sesso;
Che un sol latte, un seno istesso
Noi nudrì scordar non so.

CORO   Rammenta la promessa;
Scordar tu puoi così?
Al sol piacer doniamo
Or tutti i nostri dì;
Amiam, beviam, giochiamo...

12

Rob.   In sua difesa io sono;   (interrompendoli)
                Se alcun toccarla ardisce
                Non speri il mio perdono,
                Da me la morte avrà.
Coro   Partiamo, amici,   (piano fra loro)
                Usiam prudenza;
                Di resistenza
                Tempo non è.
            Sì, partiamo,
                Usiam prudenza,
                E più tardi tornerem.
Rob.   Del mio sdegno, ah sì tremante,
                Obbedir dovete a me;
                Su partite, presto andate,
                O punirvi io ben saprò.
        (*Ram. e i Cavalieri si ritirano da Rob., che li minaccia*)

SCENA IV.

Roberto, Alice.

Ali. Prence mio, mio signore...
Rob. Ah! tuo fratel mi chiama.
        Da sconoscenti sudditi cacciato
        Sovra d'estranio lido,
        Un esule son io. Invan la morte
        Cercai fra l'armi ognora. Amor, che in queste
        Ridenti spiagge m'attendeva, il colmo
        Pose ai miei mali. E tu presso Palermo
        Or dimmi a far che vieni?
Ali. Un dover sacro adempio.
        Col fido sposo a lato
        Io la natia capanna abbandonai,
        E l'imeneo, che unir ci dee, sospesi.
Rob. Ma come! E perchè mai?
Ali. Per eseguir della tua madre un cenno.
Rob. Oh! cara madre!... Ah parla.
        Al suo voler pronto son io.
Ali.   Concesso
        Ah! non ti fia nè udirla,
        Nè più vederla...
Rob.   Oh cielo!

Ali. Più non vive.
Rob. Che intendo!... Ah madre!... io gelo.
Ali.   Vanne, disse, al figlio mio,
         Che lasciommi in abbandono:
         Porgi a lui l' estremo addio
         Di chi amandolo spirò.
       Tergi il pianto a lui dal ciglio:
         Senza scorta ei non restò:
         Come in terra, in ciel pel figlio
         Calde preci io porgerò.
       Digli ancor che un rio destino
         Ver' la via del mal lo incita;
         Cara Alice, ah! tu gli addita
         Il sentier della virtù.
       Possa ei pur placar lo sdegno
         Di quel Dio, che a sè mi chiama;
         Possa in ciel seguir chi l' ama,
         E a pregar per lui sen va.
Rob. Chiuder quegli occhi a me non fu concesso.
Ali. Essa in mia man ripose
    L' ultimo suo volere.
    Un giorno (essa diceva)
    Quand' ei ne sarà degno,
    Leggerà questo foglio.
    (*Alice s'inginocchia e presenta a Rob. il testamento di sua madre*)
Rob. No: ch' io nol sono ancora
    Ben lo conosco... un giorno...
    Deh! tu conserva, Alice,
    Questo caro deposito; ma or tutto
    Congiura ai danni miei:
    Nella sventura mia
    D' un disperato amor provo i tormenti.
Ali. Ameresti tu forse?
Rob. Senza sperar. I mali miei deh! senti.
    Di questo re la figlia
    Il core a me rapì; facil credei
    La sua conquista; intenerir la vidi,
    Ma irrequieto... geloso...
    Ne' fieri miei trasporti.
    Il padre minacciai,
    Ed i suoi cavalier tutti sfidai.
    Più non sarei se, nel cimento estremo,
    Bertramo, un cavaliero amico mio,

    E mio liberator, morder non fea
    Ai più prodi la polve:
    La vittoria ei mi porse,
    Ed ogni ben perdei.
ALI. Ami dunque Isabella?
ROB. Io più non la rividi.
ALI. Ai giuramenti suoi
    Essa fedel sarà?
ROB.   Come saperlo?
ALI. Gliel domanda tu stesso:
    A lei scrivi.
ROB.   Tu il vuoi?   (*Rob. fa un cenno, ed il segreta-
rio di lui esce dalla tenda portando l'occorrente per iscrivere*)
    Ma chi recar vorrà?...
ALI.   ·   Pronta son io.
    Coraggio io ben avrò
    Se te servire, o mio signor, potrò.
    (*ad Alice dopo aver detto al segretario cosa deve scrivere*)
ROB. Genio mio tutelare,
    E come potrò mai ricompensarti?
ALI. Ah! che tu solo il puoi,
    Del povero Rambaldo
    Tu conosci l'amor. Deh! tu permetti
    Che in questo giorno istesso
    Presso all'altar mi giuri eterna fede.
ROB. Sì, tel prometto, * Prendi.
    (** sigilla la lettera col pomo della spada e la consegna ad Ali.*)

SCENA V.

I precedenti e Bertramo, *che entrando s'accosta a* Roberto.

ALI. Ah!... Chi è mai quel tetro personaggio?
                        (*vedendo Bertramo getta un grido*)
ROB. Il cavalier Bertramo,
    Il mio più fido amico;
    Ma come in rimirarlo
    Impallidir così?
ALI.   Dirò... nel nostro   (*tremante*)
    Castello abbiam in bella tela espresso
    Un valente guerrier che abbatte un mostro,
    Ed a me sembra...

Rob.   Ebben? qual turbamento è il tuo!
Ali. Ch' ei rassomiglia...
Rob. Al guerriero?
Ali.   No: certo... al mostro.
Rob. Qual follia! Or va, mi lascia.
             (*Alice bacia la mano di Roberto e parte*)

SCENA VI.

Roberto *e* Bertramo.

Ber. Su coraggio: la tua nuova conquista
     Molto ha su te potere.
Rob. Sì, per riconoscenza.
Ber. Ah! credi a me che questa
     E degli ingrati ognor la frase.
Rob. Taci, Bertram, pavento
     Il tuo funesto influsso.
     Due moti interni io provo:
     Uno al ben mi consiglia:
     Pur dianzi in core io ne sentia la forza;
     L' altro mi spinge al male.
     E tu nulla risparmi
     Per risvegliarlo in me.
Ber.   Che dici mai?
     Qual delirio! Sì, mal dunque conosci
     L' amico tuo, che temi del suo core?
Rob. Tu m'ami, il so, tel credo.
Ber.   Ah! sì, Roberto,
     Più di me stesso cento volte; invano   (*quasi piangendo*)
     Saper vorresti a quale eccesso io t' amo.
Rob. Dammi dunque, se m' ami,
     Saggi consigli.
Ber.   Io tel prometto: e intanto
     Per cacciar la tristezza,
     Uniamci a questi cavalier'; del gioco
     Tentiam noi pur la sorte:
     Dividiam la lor gioia:
     D' oro bisogno abbiamo,
     Essi cel forniran.
Rob.   Va bene, andiamo.

SCENA VII.

Bertramo, Roberto, Cavalieri *con* Alberto.

BER. Di Normandia il duca ai vostri giochi   (*ai Cavalieri*)
Prender parte vorria.
ROB. Al tornéo, cavalieri,
Ci rivedrem fra poco;
Tutti frattanto io vi disfido al gioco.

CORO DI CAVALIERI

Ci lusinga, ci sorprende
Tanto onor, tal gentilezza:
Noi la sorte che ci attende
Pronti siamo ad affrontar.
ROB. Or cominciamo, e·intanto
De' Siciliani il canto
Meco ripeta ognun.
CORO De' Siciliani il canto
Seco ripeta ognun.

SICILIANA

ROB. Sorte amica, a te m' affido,
Sii propizia a' desir miei:
Tu del cor speranza sei,
Tu sii guida alla mia man.
Folle è quei che l' oro aduna
E goderselo non sa:
Non provò giammai fortuna
Del piacer chi non cercò.
ALB. Sorte amica, a te si affida,
Sii propizia a' desir' suoi:
Tu lo assisti, tu lo guida,
Tu dirigi la sua man.
CORO Sorte amica, ecc.
BER. O amica, o avversa sorte,
Sii pur qual vuoi, ti sfido:
Dell' ira tua mi rido,
Rido del tuo favor.
(*una tavola da gioco vien recata in mezzo, intorno alla
quale si collocano i Cavalieri: uno di essi getta i dadi
e quindi Roberto fa altrettanto*)

Rob. Ho perduto: alla rivincita.
  A noi: cento zecchini.
Un Gioc.   Eccoti i dadi.
Rob. Quattordici: sì, questa volta io spero   (getta i dadi)
  Che verso me si volti il dado: andiamo:
                    (getta i dadi un giuocatore)
  Andiam, io perdo ancora...
Ber. Or raddoppiar conviene.
Rob. Van dugento zecchini.
Ber. Ma questo è troppo poco: cinquecento.
Coro Cinquecento! E noi teniam.
Ber.   Così appunto un giuocatore
              Riparar può i suoi disastri:
              Io son certo del successo.
Rob.   Tu lo credi?
Ber.   Ne son certo.
Rob.   Ah! giusto ciel! perdiamo.
    (getta i dadi un giuocatore e quindi Roberto fa altrettanto)
Ber.   Deh! ti consola,
              Segui il mio esempio,
              T' ostina ancor.
              Folle è quei che l'oro aduna,
              E goderselo non sa:
              No: giammai trovò fortuna
              Del piacer chi non cercò.
Coro   Folle è quei, ecc.
Rob.   Di sì barbara ingiustizia
              Arrossir farò la sorte:
              Contro voi io tutto gioco
              I miei diamanti ancor.
Un Gioc.   Anco i diamanti!
Rob.   La mia ricca argenteria!
Coro   La tua ricca argenteria!
              Questa d'uopo a noi faria.
Ber.   Hai ragion; son d'imbarazzo
              Tali cose a chi viaggia.
Rob.   Oh ciel! perduti siamo.
                (getta i dadi un giuocatore e quindi Roberto)
Ber.   Caro amico, ti rincora;
              Credi a me, t'ostina ancora.
              Folle è quei, ecc.
Rob.   E i miei cavalli e l'armi ancora; è questo
                              (riscaldandosi)
              Quel che a me resta, e tutto espongo adesso.

BER.	Or tu fai ben, benissimo.	
	Sì, quest'istante appunto	
	I danni a risarcir la sorte attende.	
ROB.	Quindici.	*(getta i dadi)*
UN GIOC.	Ed ei pure.	*(egualmente)*
ROB.	Sedici.	*(c. s.)*
	Qual fortuna!	
	Tu vedi ben...	
UN GIOC.	Diciotto.	*(getta i dadi. Sorpresa generale)*
ROB.	Oh Ciel! tutto io perdei.	
CORO	Tutto ei perdè.	
ROB.	Nel mio destin funesto,	*(abbattuto volgendosi a Ber.)*
	Amico, io te pur trassi.	
	E l'armi ed i destrieri...	
	Nulla più m' appartiene.	

Va: li consegna a lor: pagar conviene.　*(Bert. parte)*

ROB.

O sorte crudel!
Disdetta infernal!
L' influsso fatal
Oppresso mi vuol.

CORO
Guardate, mirate!
Ei freme, s' adira,
Ei smania, delira
Oppresso dal duol.

ROB.
Temete il mio sdegno:
Se fui sventurato
Mi posso del fato
Su voi vendicar.

CORO
Raffrena, o signore,
Il folle tuo sdegno
O il nostro furore
Tremar ti farà.

BER.
Perchè tanto strepito?　*(tornando)*
Perchè tanto chiasso?
Deh! ti rincora:　*(deridendolo esso pure)*
Sì: credi a me,
T' ostina ancora.
Folle è quei, ecc.

CORO　Folle è quei, ecc.
ROB.　Temete il mio sdegno, ecc.
CORO　Raffrena, o signore, ecc.

FINE DELL' ATTO PRIMO.

ATTO SECONDO

SCENA PRIMA.

Gran sala del Palazzo.

In fondo alla quale una Galleria che guarda alla campagna.

Isabella *sola.*

Dell' umana grandezza oh infausta sorte:
Tutto, fuorchè la pace,
Sperar poss' io. Il genitor dispone
Della mia mano, e non consulta il core,
E Roberto frattanto,
Colui che tanto amai, mi lascia in pianto.
      Invano il fato
        Spero cangiato,
        Chè i lieti sogni
        D' un dolce amor
        Tutti fuggirono
        Per me dal cor.
      Qual raggio tremulo
        Di sol che muore,
        Svanì dal core
        La speme ancor.

SCENA II.

Isabella, Alice *e* Roberto.

Alcune giovinette che portano delle suppliche.

Coro di Giovinette *che avanzano verso la Principessa presentandole le loro petizioni.*

      Avanziam: non temiam.   (*Alice con esse*)
        All' indigenza
          Porgi assistenza:
        Beneficenza
        E nel tuo cuor.

ALI. Ah! come io tremo! Eppur con lieta fronte (*a parte*)
    Più d' una principessa,
    Il portator di cotai fogli accolse.
    Proviam. (*consegna alla principessa la lettera di Roberto*)
ISA.   Gran Dio, che veggo!
    È di Roberto il foglio: oh ciel, non reggo.
      Ah vieni a questo seno,
       Dolce mio ben, mia vita.
       Quest' alma intenerita
       Non regge al tuo dolor.
      Di me chi più felice?
       Roberto m' ama ancor.
CORO   Un dritto ha l' infelice
      Su te, sul tuo bel cor.
ISA.   Ah, vola al cor che t' ama,
      Vola, mio dolce amor.
ALI. Coraggio: or via, agli occhi suoi ti mostra:
           (*a Roberto che comparisce*)
    Disarmato è il suo cor: se vederti,
    Se ascoltarti consente,
    Condannarti non può: pietà sol sente.
ROB. (*dolcissimo e timidamente*)
     Ver' me deh gira - sereno il ciglio,
      Mira il mio duol... -
ISA. (*ridendo e contraffacendo ironicamente l'accento di Roberto*)
       Mira il mio duol.
ROB.   Sospendi l' ira - cangia consiglio,
     Pentito son.
ISA. (*come sopra*)   Pentito son.
ROB.   Un folle error - deh a me perdona,
     O di dolor - morir dovrò.
ISA. (*ridendo*)
     O di dolor - morir dovrò.
    (*poi con severità*)
     Dal tuo cospetto - fuggir dovrei,
     E odiarti ancor. -
ROB. (*turbato*)   E odiarmi ancor?
ISA. (*abbassando la voce come temesse di confessarlo*)
     Ma il cor, già sento - vacilla in petto
     E al pentimento - cedendo va.
ROB.   Cedi, deh cedi - per pietà.
a 2 Oh lieto giubilo - oh dolce incanto!
     (*si sente il suono di militari strumenti*)

IsA. Odi di bellici - strumenti il suono?
Rob. E l'armi, oh rabbia - perduto ho intanto!

                    (i paggi recano un'armatura)

IsA. L'armi ti attendono - pronte già sono.
Rob.   Nel dono accetto
         D'amore un pegno;
         Ne sarò degno,
         Sì, vincerò.

IsA.   Io per te fervidi
         Voti farò.

a 2   Il core in sen mi palpita   *(ognuno da sè)*
         Di speme e di piacer.

       L'amor $\genfrac{}{}{0pt}{}{\text{lo}}{\text{mi}}$ stimola

       E vincitor $\genfrac{}{}{0pt}{}{\text{sarà.}}{\text{sarò.}}$ *(Isabella parte)*

SCENA III.

Roberto, Bertramo *in disparte col principe di Granata,
ed un Araldo d'armi.*

*(alla fine della scena precedente vedesi Bertramo entrare
col principe di Granata, ed un Araldo, al quale indica
col dito Roberto. Il principe di Granata non fa che
attraversare la galleria di fondo)*

Rob. In questi che al valore
    S'offron guerrieri giuochi
    Vincerò il mio rivale.
Ber. Sarà: pur ch'io lo voglia.   *(a parte)*
Rob. Ah! perchè non poss'io
    Compier la mia vendetta,
    Ed in mortal conflitto
    Solo vederlo innanzi a me! Che vuoi?

            (all'Araldo che si presenta)

Aral. Signor di Normandia,
    Il prence di Granata
    Questo cartel t'invia,
    E per mia voce ancora,
    Non a vano tornèo,
    Ma a mortal pugna ti disfida.

    Roberto il Diavolo   **3**

Rob.   Ah! il cielo
    Esaudisce i miei voti, e a morte il tragge.
    Sfidarmi ardisce! andiamo *, a lui mi guida.
Aral.Vieni nel vicin bosco   (* all'Araldo)
    Egli t'attende già!
Rob.Uno di noi ivi restar dovrà.   (parte coll'Araldo)

SCENA IV.

Isabella *condotta da suo padre*, Bertramo, Alice, Rambaldo,
    Signori, Dame *della Corte, Paggi, Scudieri, Popolo*)

(*Ingresso del popolo, che accompagna sei coppie di giovani
        sposi, che devono maritarsi.*)

Coro di Popolo con Ballo.

    Accorriamo a lei d'intorno,
        Celebriamo in sì bel giorno
        Sue virtudi e sue beltà.
    E dei sudditi devoti
        Sian presagio i caldi voti
        Della sua felicità.
Donne *sole* Possa un dì la sorte amica,
        Accogliendo i nostri preghi,
        Dar mercede ai suoi favor.   (*seguita il Ballo*)
    (*dopo il ballo il Maestro di cerimonie si presenta alla
        Principessa*)

Maestro di Cerimonie

Allor che ogni campione,
E per la gloria, e per l'amata donna,
Oggi a provar vien del tornèo la sorte,
Il prence di Granata,
In pegno di sua fede,
D'esser armato per tua man richiede.
(*la principessa esita alquanto; ma il padre le comanda di
    accettare; il principe di Granata si avanza preceduto
    dalla sua bandiera, dai suoi paggi e dai suoi scudieri.
    Bertramo vedendolo, dice a parte*)
Ber.   Io trionfo. Egli viene, e Roberto
        Nel profondo del bosco s'arresta;
        Già smarrito nell'aspra foresta
        Cerca invano l'odiato rival.

Coro di Scudieri *del principe di Granata (mentre la Princi-*
    pessa gli consegna le armi)
    Fiato alle trombe, onore alla bandiera
    Del cavalier che a noi schiude il sentier.
    Fiato alle trombe;
    Nella carriera
    Marte ed Amor
    Lo guideran.

Ali.   E il mio prence non s'avanza!
      (guardando intorno con inquietudine)
Ram.   Io non perdo la speranza.
Ali.   Mentre si apre la nobile gara
      Chi quel prode può mai ritardar?
Ram.   Pensa ancor, che per noi si prepara
      Qui d'appresso frattanto l'altar.
Ali.   E Roberto, oh Dio! non viene.
Ber.   No, Roberto non verrà.
Coro generale Le trombe suonano,
      L'onor v'appella,
      Eroi magnanimi,
      A trïonfar.
      E per la gloria,
      E per la bella
      Volate intrepidi
      Oggi a pugnar   *(s'ode un appello di trombe)*
Coro.   Della pugna ecco il segnale   *(di dentro)*
    Della pugna il segno è questo,
    Cavalieri, all'armi, all'armi.
Isa. *(scende dal trono e si rivolge ai Cavalieri)*
    Della tromba guerriera il suon già s'ode.
    Nella nobile carriera
    Convien vincere o morir.
    (Ah! la voce dell'onore
    Di Roberto parli al cor.)
Coro   Della tromba guerriera il suon già s'ode.
    Nella nobile carriera
    Convien vincere o morir.
Isa.   Le trombe suonano:
      All'armi, o prodi,
      E per la gloria,
      E per l'amata
      Volate intrepidi
      Oggi a pugnar.

(*a parte*)

Qual per me crudel dolore!
  Ah! Roberto or più non vien;
  Gloria, onor, amor, valore,
  Tutto è spento nel suo sen.

TUTTI   Della tromba guerriera, ecc.

(sfila il corteggio; la principessa e suo padre si dispon-
gono a seguirlo. Alice guarda intorno smaniosa, Bert.
è dall'altra parte della scena)

FINE DELL'ATTO SECONDO.

ATTO TERZO

SCENA PRIMA.

*Teatro è montuosa campagna
rappresentante gli scogli di S. Irene.*

Sul davanti a diritta vedonsi le rovine della rôcca e l'ingresso ad alcuni
sotterranci; e dall'altra parte una colonnetta, sopra la quale una croce.

Bertramo, Rambaldo.

RAM. Questa all' abboccamento è l'ora intesa.
BER. Ma non è quegli il trovator normando?...
RAM. Che sir Roberto a morte
    Poco fa condannò.
BER.   Ma per tua sorte
    La promessa ei non tenne:
    Or che ti guida?
RAM.   Io vengo
    Alice ad aspettar. Ricco io non sono:
    Povera è pure Alice;
    Ciò sol si oppone a farmi appien felice.
BER. Quand' è così, tien, prendi.   *(gli getta una borsa)*
RAM. Crederò agl' occhi miei! oh ciel, dell' oro!
BER. Ecco là quel che chiamasi contento!   *(da sè)*
    Farne dunque poss' io a mio talento.
RAM, *(da sè)*   Oh che onest' uomo!
        Che galantuomo!
        Ma vedi come
        Ero in error!
      Ah! d' ora innanzi
        Io gli prometto
        Obbedïenza,
        Riconoscenza,
        In ricompensa
        Di tal favor.
BER. *(da sè)*   Già il pover uomo,
        Il galantuomo
        Cadendo va.
      Or vedi come
        Ne' lacci miei,
        Se lo volessi,
        Trar lo potrei!

(*a Rambaldo*)

  Dell' ôr la vista
  Come seduce!
  Che non produce
  Nell' uman cor!
  Adunque a nozze
  Oggi ten vai?

RAM. Sì, mio signore,
  A nozze io vo.
BER. Oh! che pazzia!
RAM. Come? Pazzia?
  Può solo Alice
  Farmi felice.
BER. Io nel tuo caso
  Sospenderei:
  Quindi a bell'agio
  Sceglier vorrei.
RAM. Voi scegliereste?
BER. Io sceglierei...
  Or che hai denari,
  Che ricco sei,
  Tutte le donne,
  Scommetterei,
  La man di sposo
  Vorran da te.
RAM. Voi lo credete?
BER. Lo credo, sì.
RAM. In fatti un uomo
  Del vostro stato
  Più di me certo
  Sarà informato;
  Che far conviene
  Meglio saprà.
BER. Tu dêi goder.
RAM. Viva il piacer!
  Oh che onest' uomo! ecc.

SCENA II.

Bertramo *solo, che sta facendo dei segni d'un incantesimo.*

BER. Ecco una nuova preda,
  Un glorïoso acquisto,
  Di cui l'inferno rallegrar dovrassi;
  Ma de' suoi mali io rido,

E del destin, che a sè prepara ei stesso,
Purchè fra poco il mio voler si compia.
Re de' ribelli spirti,
O mio signore!... io tremo...
Ma egli è là che m'attende...
Della gioia infernal le grida io sento...
Per obliar le pene lor tremende
S' abbandonano insieme a danze orrende.

CORO NELLA CAVERNA

Demoni fatali,
Fantasmi d' orror,
De' regni infernali
Plaudite al signor.

BER. Ah! Roberto, o figlio amato,
Niuno a me ritorti or può;
Per te solo ho il ciel sfidato,
E a sfidar l' inferno andrò.

CORO Celebriamo i nostri giochi
Infra i fuochi e fra l' orror.
Gloria al sir che a noi provvede;
Alla danza egli presiede.

BER. Della gloria ch' io perdei,
Del passato mio splendor
Ah! tu sol conforto sei.
Ah! Roberto, o figlio amato, ecc.

CORO Gloria al sir, ecc.
(*Ber. entra nella caverna, dalla quale escono delle fiamme*)

SCENA III.

Alice *scendendo lentamente dalla montagna.*

ALI. Rambaldo!... In questo solitario loco,
L' eco sol mi risponde,
E tremando m'inoltro.
Dunque la prima io giungo al posto? Oh come
L' aspettarlo m' è duro!
E ancor non è che sposo mio futuro,
Nel lasciar la Normandia
A me disse un eremita:
Tu sarai un giorno unita
Degli amanti al più fedel.
(Aspettare è pur crudel!)

O rifugio alle donzelle,
A te umile io fo ricorso.
Madre tu del buon soccorso,
Deh! proteggi un casto amor.
(Alice riguarda con ispavento dalla parte della caverna)
Ma che veggo! il sol s'oscura:
Qual fracasso, o Dio, si desta?
Che s' appressi la tempesta?
No: non è: sia lode al ciel.
Fido a te, dicea Rambaldo,
E l'ardor di questo core...
Non vorrei che un altro ardore
Ei provasse adesso in sen.
(E aspettare a me convien!)
O rifugio, ecc.
Oh ciel! cresce il fragore;
Io gelo di terror: la terra trema
Sotto i miei piè... fuggiamo.
(mentre sta per fuggire è trattenuta dalle voci che
CORO (*sotterraneo*) Roberto!   *escono dalla caverna)*
ALI.   Ah! non m'inganno.
Il nome è questo del mio prence.
Qualche periglio a lui sovrasta. Or meglio
Di qui * veder potrò. Da questo speco...   *(fa un passo)*
(* *accennando l'ingresso della caverna*)
Gran Dio! strisciamo i lampì: oh come tremo!
Avanziamo; deh! tu, mio Dio, mi guida,
Tu, che un debol fanciullo,
Tu, che una verginella
Talor strumento festi alle tue leggi,
Tu m' assisti, gran Dio, tu mi proteggi.   *(s' avanza tre-*
mando verso la caverna e guarda nell'interno)
CORO (*sotterraneo*) Roberto!
ALI.   ·   Ah!...
(ritorna indietro spaventata, getta un grido, corre verso la
colonnetta, l'abbraccia e cade svenuta)

SCENA IV.

Alice *svenuta*, Bertramo *uscendo dalla caverna pallido*
e in disordine.

BER.   Pronunziato
È il decreto fatale, irrevocabile!
Io lo perdo per sempre: a me vien tolto

       S' ei non mi giura fede
       E a me si dona in questo giorno stesso:
ALI. A mezzanotte!... ahi! misero!
       (*riacquistando i sensi e rammentandosi ciò che ha udito nella*
BER. Alcun parlò... chi dunque è in questi luoghi?   *caverna*)
       Chi lesse il mio pensiero? * Ah! di Rambaldo
                (* *vedendo Alice, e riprendendo un' aria ridente*)
       L' amabil sposa io veggo;
       E perchè gli occhi abbassa?
ALI.   Io più non reggo.
BER.   Cara Alice, perchè mesta?
ALI.   Ah gran Dio!
BER.   Vien, che t' arresta?
ALI.   Trema il cor.
BER.   Ma vieni qua.
ALI.   Non poss' io.
BER.   Di'almen, che udisti.
ALI.   Nulla udii.
BER.   Ma che vedesti?
ALI.   Nulla.
BER.   Non udisti?...
ALI.   No.
BER.   Trionfo bramato!   (*con gioia feroce*)
       L' estremo terrore
       Che opprime il tuo core,
       In onta del fato,
       Mia preda ti fa.
ALI.   Vacilla il mio piede,
       Mi manca la voce:
       Dell' angiol ribelle
       L' accento feroce
       Mi gela d' orror.
BER. Or via: t' appressa e che?... sì dolci modi...
               (*facendo un passo verso Alice*)
ALI. Ah! no: ten va, ti scosta.
            (*torna indietro, ed abbraccia la croce*)
BER. Si ; che tu mi conosci:
       Quel guardo ha penetrato
       Un tremendo mistero
       Non concesso ai mortali:
       Ma, se un accento solo
       Ti sfuggisse giammai ,
       Tu sei morta all' istante.

Ali. È meco il cielo: il tuo furor non temo.
Ber. Sì; tu morrai: morrà il tuo sposo...
Ali.   Oh Cielo!
Ber. Poscia il tuo vecchio padre.
     E tutti i tuoi morranno *. Tu volésti
                         (* con ironico e maligno sorriso)
     Così, gentile Alice:
     E per virtù complice mia ti festi,
     Ma tu frattanto a me appartieni. Or dimmi,
     Hai nulla visto?
Ali.   Nulla.
Ber. E non udisti?
Ali.   No.. * Viene Roberto.
                 (* a parte vedendo comparire Roberto)
Ber. Pensaci ben: da te
     Dipende la tua sorte.
     Ma vien Roberto; o taci, o corri a morte.

SCENA V

Roberto, Alice e Bertramo.

(Roberto s'avanza immerso nei più profondi pensieri)

Ali.   Lo sguardo immobile
                 Tien fisso al suol:
                 Oppresso ha l'anima
                 Da acerbo duol.
             Ah! forse insolito
                 Secreto orror.
                 Risveglia i palpiti
                 Ch' ei prova in cor.
             Ma intanto il misero
                 Nel laccio andrà,
                 Da cui ritorglierlo
               * Nessun potrà.
Ber.   Lo sguardo immobile
                 Tien fisso al suol:
                 L' istante colgasi
                 Di tanto duol.
             Ma qual risvegliasi
                 Entro il mio cor.
                 Ignoto palpito,
                 Secreto orror.

    Dal laccio tesogli,
     Ov' ei cadrà,
     Nessun ritorglierlo
     Giammai potrà.
Rob.   Perduto, ahi misero!
     Tutto ho sul suol,
     E immersa l'anima
     Si sta nel duol.
    Ma quale insólito
     Segreto orror,
     Ignoto tremito
     Mi desta in cor?
    Ah! di me muovati,
     Bertram, pietà,
     O il duol, l'angoscia
     M' ucciderà.

(Bertramo con un gesto di comando ordina ad Alice di ritirarsi, essa obbedisce esitando, ma tutto ad un tratto torna indietro slanciandosi verso Roberto)

Ali. No: la morte io non temo; ascolta.
Rob.   Ebbene?
Ber. Su via parla, mia cara,
  In nome del tuo sposo,
  Del vecchio padre in nome...
Ali.   Ah! non poss' io.
  Di qui fuggiam; qual fiero stato è il mio!   *(fugge)*

<h2 style="text-align:center">SCENA VI.</h2>

Roberto e Bertramo

Rob. Cos'ha ella dunque?
Ber. E chi nol sa? l'amore,
  La gelosia; quel suo messer Rambaldo
  Ch'ell'ama alla follia...
Rob. Odi, siam soli.
  Perduto io son, disonorato, e solo
  In te ho fidanza... Tu il giurasti almeno.
Ber. E la promessa io serbo.
  Un laccio a noi fu teso;
  S'ingannò il tuo valore;
  Con sacrilegio orrendo
  Le nostre mire ha il tuo rival deluse:
  Degli spirti infernali
  Gli incanti in opra ei pose.

Rob.   E che far dunque?
Ber. Or noi coll'armi istesse
     Lo vincerem; l'imiteremo.
Rob.   E come?
     Avvi dunque un segreto
     Ad evocar gli spiriti maligni?
Ber. Avvi.
Rob.   Dimmi, il conosci?
Ber. Ben lo conosco, e questi
     Sì tremendi misteri un nulla sono
     Per chi ha coraggio. Avrailo tu?
Rob.   Bertramo!
Ber. Al tuo valor m'affido. Ascolta!
     Udito avrai parlare
     Dell'antica abbadia,
     Che dell'inferno in preda
     Un dì il celeste sdegno abbandonava.
     In mezzo a quei deserti chiostri sorge
     Di Rosalia la tómba;
     Un verde ramoscello colà cresce
     Temuto talisman che da un'immensa
     Folla di spirti è sempre custodito...
     Oserai tu fra tanta
     Tenébra andarlo a côrre?
Rob. Un sacrilegio a me?
Ber. Ma che! già tremi di spavento, quando
     Tosto con mano ardita la tua bella
     Puoi trovar?
Rob.   Isabella!... mia Isabella!...
        Ebben, v'andrò - sì l'oserò.
           Al mio destino - m'affiderò.
           Senza tremare - vi scenderò.
Ber.   (Ma di te prima - io ci sarò.)

*(Roberto esce per la strada a sinistra. Bertramo entra nella
caverna a diritta. Le nuvole che coprivano la scena spari-
scono. Il teatro rappresenta l'interno della rôcca rovinata,
ridotta a sepolcro. A sinistra, traverso le arcate, si vede
una corte ripiena di pietre sepolcrali, di cui alcune sono
coperte di verzura, e al di là la prospettiva di altre gallerie. A destra nel muro fra diversi sepolcri, su i quali
sono giacenti delle figure di donna scolpite in pietra, uno
se ne distingue con statua in marmo che tiene in mano un
ramo di cipresso. In fondo vi è una gran porta, ed una*

scalinata che conduce ai sotterranei. Alcune lampade di ferro sono sospese alla vôlta. Tutto annunzia che da molto tempo questo luogo è disabitato. È notte. Le stelle brillano, e le rovine non sono rischiarate che dalla luna)

SCENA VII.

Bertramo, *indi* Roberto.

(*Bertramo entra per la porta di fondo. Esso è avvolto nel suo mantello: s'avanza lentamente e riguarda gli oggetti che lo circondano. Gli augelli notturni, turbati nella loro solitudine, volano al di fuori*)

BER. Le rovine son queste
Dell'antico recinto,
Ove un asilo del Signore
Alle fanciulle Rosalia consacrò.
Queste del cielo ancelle, impuro foco
Nudrendo in sen, arser profani incensi.
E spergiure alla fede, sede al piacer
Fer di virtù la sede.
Suore, che qui posate
Entro la fredda tomba,
M'udite voi. Per un'ora lasciate
Il vostro letto sepolcral. Sorgete:
D'una donna immortal più non temete
L'ira tremenda.
Re degl'inferni, io son che qui vi chiama.
Io son pure con voi
Al pianto eterno condannato. Udite:
Sorgete, o suore; dalla tomba uscite.

(*Durante questa evocazione si vedono dei fuochi fatui percorrere le gallerie e fermarsi sopra i sepolcri e sulle lapidi della corte; le figure di pietra cominciano a sollevarsi con isforzo, quindi si alzano, e scendono a terra. Delle giovani bizzarramente vestite compariscono sui gradini della scalinata, salgono e si avanzano unitamente senza far altro movimento; dopo essersi riunite si arrestano vicino al sepolcro maggiore. Allora i loro occhi cominciano ad aprirsi, le loro membra a muoversi, ed a riserva di un mortal pallore acquistano tutte le apparenze della vita. In questo frattempo da loro stesse si accendono le lampade. Cessa l'oscurità*)

Ber. Del cielo un giorno figlie, oggi d' inferno;
   . Il mio voler supremo udite. In mezzo
    A voi fra poco un cavalier vedrete;
    Ei deve coglier questa verde fronda;
    Ma se dubbioso ei fosse,
    Se tradirmi pensasse, i vostri incanti
    Lo sedurran; voi l' incauta promessa
    Adempir gli farete,
    Quella ad esso celando,
    Che la mia man gli ordì terribil rete.

(Tutte le giovani fanno un cenno di obbedienza al comando di Bertramo, che si ritira. L'istinto delle passioni ritorna in quei corpi poco fa inanimati. Le giovani, dopo essersi riconosciute si attestano il reciproco loro contento nel rivedersi. Elena, che per bellezza primeggia su le altre, le invita a profittare dei brevi momenti, e ad abbandonarsi al piacere: un tal consiglio è tosto seguito. Cavano esse fuori dai loro sepolcri gli oggetti delle loro profane passioni, come ánfore, coppe, dadi, ecc. Alcune di esse fanno delle offerte a un Idolo, mentre altre si lacerano le lunghe vesti, e si adornano per abbandonarsi alla danza con più leggerezza. In poco tempo esse non sentono più che le attrattive del piacere, ed intrecciano una lieta danza. L'arrivo di Roberto interrompe il loro divertimento e vanno tutte a nascondersi dietro le colonne e i sepolcri)

Rob. Il loco è questo, ove il mistero orrendo
                      (avanzandosi lentamente ed esitando)
    Compier si deve: andiam... Ma quale io provo
    Secreto orror! Questi archi... queste tombe...
    Risveglian nel mio core
    Tremito involontario;
    Ma già veggo quel ramo,
    Tremendo talismano,
    Che a me recar dovrà
    Ed il potere e l'immortalità.

(Mentre Roberto cerca di uscire si trova circondato da tutte le giovani; una di esse gli presenta una coppa, ma egli la ricusa. Elena vedendo ciò, gli si accosta e cerca di sedurlo coi suoi graziosi atteggiamenti; Roberto la contempla con ammirazione; più non resiste, ed accetta la coppa offertagli per sua mano. Incoraggiata da ciò lo conduce insensibilmente verso la statua di Berta; tutte le giovani si rallegrano, credendo che Roberto vada a portar via il ramo di

cipresso, ma nuovamente il cavaliere rifugge spaventato. Elena procura colle sue attrattive di eccitare le passioni di Roberto. Alcune giovanette gli presentano dei dadi: nel momento stesso è tentato di unirsi ai loro giuochi, ma ben presto se ne allontana con ripugnanza. Elena, che attentamente l'osserva, lo riconduce ballando con molta grazia intorno al ramo. Sedotto Roberto da tanti incanti, oblia tutti i suoi timori, ed Elena gli accenna il ramo, che esso inebriato di amore strappa di mano alla statua. Tutte le giovani formano allora intorno ad esso una catena disordinata, ma Roberto si apre una strada a traverso di esse, e parte agitando il ramo. La vita che animava le giovani va gradatamente ad estinguersi, ed ognuna di esse torna a ricadere presso la propria tomba. Frattanto compariscono degli spettri, e si ode il seguente)

CORO   Già nella rete
              Caduto è il forte;
              O spettri magici,
              Tutti accorrete
              Della sua sorte
              Ad esultar.

FINE DELL'ATTO TERZO.

ATTO QUARTO

SCENA PRIMA.

Camera da letto della Principessa.

In fondo della quale sono tre grandi porte, che lasciano vedere altrettante lunghe gallerie. - All'alzarsi del sipario la Principessa è assisa alla sua toilette e le sue Damigelle le tolgono gli ornamenti da sposa, che vanno distribuendo alle sei giovanette, maritate nella mattina.

Alberto, Isabella, Damigelle, *e le sei giovani spose.*

Coro *di Damigelle in atto di offrire in nome di Isabella ad una delle dette spose la corona di lei.*

> Echeggi l'aere
> Di lieti cantici
> Alla vittoria
> E all'amor.
> Inni di gloria
> Da noi s'intuonino:
> Plausi risuonino
> Al vincitor.
> E sol di giubilo
> Le voci s'odano
> In sì bel dì.

Alb. A presentarti io vengo,
Augusta Principessa,
In nome di colui.
Che a te fia sposo in questo giorno, doni
Prezïosi, e di te degni,
Che d'un tenero amore a te fien pegni.

Coro   Echeggi l'aere, ecc.

Alb. Nobili e cavalieri,
Venite, ritiriamci,   (*tutti si ritirano a poco a poco*
  mentre si vede il principe di Granata scendere la scalinata)

Coro   Echeggi l'aere, ecc.   (*comparisce Roberto nella Galleria di fondo col ramo di cipresso. Tutti colpiti di stupore, rimangono immobili nella posizione in cui si trovano. La Principessa cade sugli scalini che la conducono al suo letto. Roberto entra, e le porte da loro stesse si chiudono dietro di lui*)

SCENA II.

Isabella *e* Roberto.

Rob. Del magico virgulto
Che su lor pende, l'invincibil possa
Quale sovr'essi ferreo sonno adduce!
Or qui tua voce udita
Esser non può, fiera beltà; da questa,
Ove un fatal potere
Mi guida, augusta reggia,
Rapir pur ti dovessi a viva forza,
E in onta tua, meco verrai lontano
Dal mio rival... Ma no... ceder tu déi.
A lei d'appresso andiam... Oh com'è bella!
In sì placido sonno.
Dolce de' mali oblio, qual mai novella
Beltade in lei risplende! Oh com'è bella!
Su via, dest rla è d'uopo;
Isabella, per te l'incanto io rompo
Che a ognun rapito ha i sensi.

Isa. (*svegliandosi*)   Ove son io?
Qual voce mai mi chiama?
Come in profondo sonno
Chiuse fur mie pupille? Ah! che vegg'io!
Novello errore è questo?
Cielo!... e fia ver?... Roberto in queste soglie?
Gran Dio, che in cor mi leggi,
Tu che vedi il mio duol, tu mi proteggi.

Rob.   E fia ver che sì amabile oggetto
              Premio sia d'un odiato rivale?
              Ah! ch'io provo un dispetto infernàle
              Quelle smanie mirando, e quel duol.

Isa.   (Ciel! che sguardi! Ah ch'io gelo d'orror.) (*da sè*)
              Un potere tremendo e fatale   (*a Roberto*)
              Al dovere, all'onore ti toglie.

Rob.   Sì, l'inferno che or serve a mie voglie
              D'un rival mi saprà vendicar.

Isa.   In campo armato (*con nobile e fiera indignazione*)
                   Oggi il dovevi,
                   E insiem potevi
                   L'onor salvar.

Rob. Temi il mio sdegno,
Non m' irritar.
Ah! da te non discacciarmi,
In me vedi un disperato;
Tutto qui d' oprar mi è dato.
Niun sottrarti a me potrà.

Isa. Sommo Iddio, tu mi proteggi,
La ragione a lui deh! rendi;
Quel poter tu gli riprendi,
Sol lo può la tua bontà.
Roberto: ah! giusto cielo!
Deh fuggi, t' allontana:
La tua speranza è vana,
Mi lascia per pietà.

Rob. Io più non ho ritegno:
Vieni, seguir mi dêi:
Mia già tu fosti, e sei;
Altra ragion non v' ha.

Isa. (*s' inginocchia dinanzi a Roberto*)
Roberto, o tu che adoro,
A cui donai mia fè,
Deh! mira il mio terror.
Per te pietade imploro,
Abbi pietà di me.
E fia ver che il tuo core
La fè, l' onor calpesti?
Tu omaggio a me rendesti,
Or vedi me al tuo piè.

Rob. Il cor non regge a quei flebili accenti.
Isa. Ti muova il pianto mio, pietà, deh! senti.
Rob. Frenar non posso i miei trasporti.
Isa.   Ah! torna
In te stesso, Roberto.
Rob. Rapita a me sarai fra pochi istanti,
E, di te privo, amar non so la vita.
Tu più non m' ami, il veggo; ebben, crudele,
Prendi il mio sangue.
Isa.   Ciel! che dici mai?
Rob. Ah sì: deciso io son.
Isa.   Nè v' è più speme?
Rob. Una sol resta.
Isa.   Ah! sì, ti salva.

Rob.   Aborro

Il dì.

Isa   Fuggi: tu il puoi.

Rob.   Prima morrò:

E se a' nemici colpi

Me serba avversa sorte,

A' piedi tuoi attenderò la morte.

(rompe il ramo, e si getta in ginocchio ai piedi d'Isabella.

Le porte si riaprono da loro stesse. Si vede tutta la corte

addormentata: a poco a poco si svegliano, ed entrano nella

camera)

Coro   O strano evento!

Ah! qual portento!

Sonno improvviso,

Fatal sopore,

Mortal languore

Tutti gelò.

Che veggo! o ciel, non erro, è qui Roberto.

Alb.   Ah! sì è desso, orsù arrestate

Quell' indegno, quell' audace.

Vile in guerra, ardito in pace,

In mia mano alfin cadrà.

Coro   Ah! s' arresti, e sia punito

Quell' audace, quell' indegno:

Di pietade ei non è degno,

Spera invan da noi pietà.

La sua morte al nuovo giorno

Tristo esempio a ognun sarà.

Rob.   Qua venite: tutti attendo,

Non vi temo, mi difendo;

Io non curo il vostro sdegno,

Sfido or qui la terra e il ciel.

Isa.   Sol per me fa l' infelice

Prova invan del suo valore,

E frattanto a me non lice

Implorar per lui pietà.

Tristo, caso al nuovo giorno

La sua morte, o ciel! sarà.

Ali., Ram.   Non v' è scampo: a lui d' intorno

Troppi or son, vano è il valore;

Tristo caso al nuovo giorno

La sua morte, o ciel! sarà.

40

ALI.	(Ah, perchè non poss' io l'infelice	(*sola*)
	Dalle man di coloro salvar?)	
ROB.	Scagli pur le sue folgori il cielo,	
	Fermo io sono, e vi torno a sfidar.	
CORO	Ah! che invan mostra or fa di valor:	
	Niun lo può dalla morte salvar.	

*(i soldati si precipitano su Roberto, e seco lo trascinano.
Isabella cade svenuta sopra un sofà, e se le funno intorno a soccorrerla tutte le Damigelle. Alice è in ginocchio in atto di pregare per Roberto).*

FINE DELL'ATTO QUARTO.

ATTO QUINTO

SCENA PRIMA.

Cortile di un chiostro.

Coro di Solitarí.

Sventurati nel mondo e colpevoli,
  V'affrettate, venite, accorrete.
  Questo asil, che cotanto temete,
  Vi offre pace, perdono ed amor.
Qui sfidar dell'umana ingiustizia
  Ben potrete le spesse vicende:
  D'una Vergin l'immagin propizia
  Ci difende, e su voi sveglierà.

Un Solitario

Già dell'altare al piede
  S'affolla il popol pio;
  Benediciam quel Dio
  Che qui a pregar s'en vien.
Quel Dio che preservata
  Volle l'augusta sposa
  Da trama insidïosa
  D'indegno cavalier.

(uno solo dà l'intonazione, ed il Popolo risponde ad ogni verso)

Gloria alla Provvidenza,
  Gloria al sommo Fattor,
  Che salvò l'innocenza
  Dall'empio seduttor.
  Gloria a Dio,
  Gloria immortal.

(durante il Coro vedonsi alcuni che vengono a domandare asilo: e dopo entrano tutti nel chiostro)

SCENA II.

Roberto conducendo Bertramo.

BER. Ah! perchè in questo loco
  A seguirti mi sforzi?
ROB. Sacro è l'asil, niun qui inseguirmi or puote.
  Tu libero mi festi:
  Io del rival tosto cercai, del prence
  Di Granata.

Ber.   Prosegui.

Rob.   Oh avversa sorte !
Vinto rimasi, la mia spada istessa
Nel pugnar mi tradì: tutto, ah ! pur troppo
Mi tradisce.

Ber.   Non io giammai, che t'amo,
E felice ti bramo: or tu nol vedi?
Ah, sì: fin dall'istante
Che l'incauta tua man ruppe quel ramo,
Che in tuo poter ponea l'amante, è dessa
Del tuo rival.

Rob.   Qual per ritorla a lui
Mezzo vi fia?

Ber.   Sol uno or s'offre
Alla vendetta tua.

Rob. Qualunquue ei sia lo voglio.

Ber. Coll'arti di magia. A me t'unisci: solenne un patto
Di tua fè m'assicuri.

Rob. Pur ch'io vendetta ottenga
Tutto farò: porgi...
(mentre sta per prendere il foglio che deve firmare, si sentono
dei canti religiosi che partono dal chiostro, ed attonito si
arresta)

Ber.   Ma che? Vacilla
Di già il tuo cor?

Rob.   Non odi questi canti?

Ber. Di ciò poco a noi cale.   (cercando dì condurlo via)

Rob.   Ah! ch'io gli udiva
Ne' miei teneri giorni; allorchè a Dio
Calde preci per me porgea mia madre.
(Roberto, già commosso dai canti religiosi, piange alla
rimembranza della madre)

Coro (di dentro)

Gloria alla Provvidenza,
Gloria al sommo Fattor,
Che salvò l'innocenza
Dall'empio insidiator.

Rob. Ah! questi è Iddio che a sè richiama il figlio,
L'ingrato figlio.

Ber. (da sè)   Ah pur troppo io l'ho perduto;
Or di qui trarlo è d'uopo.
(a Rob.) Credi a un fedele amico.

Rob. (ascoltando i canti che continuano) Or tu non odi?

Ber. E di che tremi?
Rob.   Ah! s'io pregar potessi...
Ber. (*da sè*) Sull' alma sua commossa
     Si raddoppin gli sforzi.
Rob Oh divina armonia, celesti accordi!
     Dolce per voi discende
     Nell' agitato cor conforto e pace.
Ber. (*da sè*) Di gelosia uopo è destar la face.

                    Coro (*di dentro*)

          Gloria alla Provvidenza, ecc.
          Del nostro amor
               In sì bel dì
                    Ascolta i voti, o ciel.
          Tu di due cor
               Che amor unì
                    Consacra il nodo alfin.
Ber. Ben hai ragion se nel tuo cor tristezza
     Arrecan questi canti;
     Pel tuo rival felice
     Voti s' offrono al ciel.
Rob.   Che dici mai?
Ber. In questo tempio, ove il solenne rito
     Compier si dee, a che tu pur non corri,
     E preghi?
Rob.   Ah! tal pensiero
     Ridesta le mie furie
     Or va: non sei che un mio nemico.
Ber.   O cielo!
     Io tuo nemico? Io
     Che non amo che te? Io, che il tuo braccio
     Sostenni ognor nelle battaglie? Io,
     Che tutti della terra
     I tesori vorrei per farten dono?
Rob Oh ciel! chi sei tu dunque?
Ber. E il turbamento, e i palpiti,
     Che m' opprimono il core
     Non parlano abbastanza? Non udisti
     Questa mattina quel Rambaldo, e quella
     Funesta istoria, e di tua madre i mali?
     Il ver pur troppo ei disse!
Rob. Gran Dio!

Ber.   Io fui l'amante,
Io quello sposo: il giuro.
Rob.   O ciel, che intendo!
Ber. Saperlo alfin tu dêi: quello son io.
Rob. Misero me! qual mai destin fu il mio!

SCENA III.

Alice *e detti.*

Ali. (*avendo udito le ultime parole di Roberto*)
Roberto, ah che ascoltai!
Ber. Che mai qui ti conduce?
Ali.   Un lieto annunzio.
(*da sè*) Ah! ch'io respiro ancora! Or sì tu puoi   (*a Roberto*)
Esser salvo se il vuoi,
E il ciel ringraziar che te protegge.
Di Granata il signor colla sua corte
Varcar non osa il santo limitare.
Rob. Ben io lo so.
Ali.   E la regal donzella,
Dall'amor tuo rapita,
Già t'attende all'altar.
Ber. Partiam, fuggir conviene.   (*cercando di condur via Rob.*)
Ali. E tu potresti abbandonarla? e il santo   (*a Rob.*)
Giuramento obliar che a lei ti lega?
Ber. T'affretta, o figlio mio,   (*facendo nuovi sforzi per al-
Presso è l'ora a suonar.   lontanarlo*)
Rob.   Che far degg'io?
A te cede il mio cor.   (*a Bertramo*)
Ali.   Giusto cielo! e fia ver tanto orrore?
Ah! Roberto, la fede...
Rob.   T'accheta;
Un dovere più forte mel vieta.
Ali.   Dover primo in noi tutti è l'onor.
Sommo Iddio, che appien comprendi
Quale a noi sovrasta orror,
Tu gli parla, tu lo rendi
Alla fede ed all'onor.
Ber.   Oh tormento! oh fier supplizio!
Figlio mio, mio solo ben,
Deh! t'arrendi, e alfin propizio
Per me il cor ti parla in sen.

Rob.   Cruda sorte! destin rio!
      Lacerar mi sento il cor;
      Ah! che alfin morir degg' io
      Di spavento e di terror.
Ber.   Prendi, leggi il terribile scritto
    (cavando dal seno una pergamena ed uno stile di ferro)
      Che al tuo giusto dover ti richiama.
Ali.   Ah! Roberto, il giuramento!...
          (a Roberto che non le abbada)
Rob.   Questo è dunque il terribile scritto?
      A te, o padre, già cede il mio core.
Ali.   Ah! Roberto, la fede...
Rob.   T'accheta.
      Un dovere più forte mel vieta.
Ali.   Dover primo in noi tutti è l'onor.
Ber.   Ah! t'affretta; Roberto partiam.
Ali. Oh ciel m'inspira.
Rob.   Porgi dunque.
      (stendendo la mano verso Bertramo)
Ali.   Or prendi.
    (cava dal seno in quel momomento il testamento della madre di
    Roberto; si getta fra esso e Bertramo, e glielo consegna)
      Ah sconsigliato, ingrato figlio! leggi,
Rob.   Ah! che veggo? È la man di mia madre.
      Giusto cielo!
Ber.   (Ah! qual furor!)
Rob.   Le mie cure ancor dal cielo   *(legge tremando)*
      Volgerò ver' te, mio figlio,
      Ma tu fuggi il rio consiglio
      Di colui che mi tradì.
    (gli cade di mano la carta, che Alice prontamente raccoglie)
Ber.   E che! incerto ancor tu resti?
Rob.   Fremo, agghiaccio; che risolvo?
Ber.   Pensa or quale in sen mi desti
      Rio tormento, acerbo duol.
      E il tuo cor dubbioso pende?
      A' tuoi piè cader mi vedi. *(s'inginocchia a Rob.)*
Ali.   Mira il cielo che t'attende.
Rob.   Ah pietà, pietà di me.
Ali.   Le mie cure ancor dal cielo
    (senza guardare nè a Roberto nè a Bertramo, e leggendo
    ad alta voce il testamento che ha raccolto)
      Volgerò ver' te, mio figlio,

Ma tu fuggi il rio consiglio
Di colui che mi tradì.

ROB.   Ah! pietà, pietà di me.

ALI.   Ah! quel core incerto sta.
(Alice e Bertramo prendono per la mano Rob., cercando di trarlo ognuno dalla sua parte)

BER.   Ah! che trema e agghiaccia il cor.

ALI.   Giusto ciel, che mai sarà?

BER.   Ah di me che mai sarà?

ALI., BER.   Vien.

ALI.   L'ora già suona;   *(si sentono suonare le ore)*
Oh gioia! egli è in salvo.

BER.   Ah! son perduto...   *(gettando un orribil grido)*
(Bertramo sparisce. Roberto fuori di sè cade svenuto ai piedi di Alice, che si sforza di richiamarlo in vita. Repentinamente la scena si cangia e presenta la Cattedrale di Palermo piena di fedeli in ginocchio rivolti al maggior altare, che si suppone internamente a sinistra. Da quel lato, vedesi la principessa circondata dalla sua corte, Scudieri, Paggi, ecc, ecc. Roberto, ricuperati i sensi e penetrato da religioso sentimento, segue Alice che lo conduce nel tempio alla sposa, colla quale s'avvia all' altare. Durante quest' azione si canta il seguente:)

CORO *di spiriti invisibili.*

Su cantiam, celesti schiere,
Ripetiam gli usati accenti.

ALI., RAM.   Su cantate, eccelse schiere,
Ripetete i dolci accenti.

POPOLO   Gloria al Dio dell' alte sfere,
Gloria al Dio che tutto fè.
Fu Roberto al Ciel fedele;
Or a lui già s'apre il Ciel.

SPIRITI INVISIBILI

Fu Roberto a noi fedele;
Or a lui già s'apre il Ciel.

TUTTI   Gloria a Dio,
Gloria immortal.

(Su tale religioso quadro cala la tela).

FINE.